1898. Mars. 30

COLLECTION DE M. M...

ESTAMPES

MODERNES

30 Mars 1898

Me G. DUCHESNE
COMMISSAIRE-PRISEUR
Rue de Hanovre, 6

M. L. DUMONT
EXPERT, MARCHAND D'ESTAMPES
Rue Laffitte, 27

CHEZ LESQUELS SE DISTRIBUE LE CATALOGUE

PARIS — 1898

IMPRIMERIE MAULDE ET RENOU

MAULDE, DOUMENC & Cie

IMPRIMEURS DE LA COMPAGNIE DES COMMISSAIRES-PRISEURS

Rue de Rivoli, 144

COLLECTION DE M. M...

ESTAMPES MODERNES

EAUX-FORTES ORIGINALES

Besnard, Bresdin, Chaplin
Daumier, Desboutin, Detaille, Duez, Gœneutte, Guérard
Lalanne, Legros, Manet, Rodin, Tissot, Whistler

ŒUVRES DE SEYMOUR HADEN

EAUX-FORTES D'APRÈS LES MAITRES

ANCIENS ET MODERNES

Bracquemond, Champollion
Flameng, Gaujean, Jacquemart, Jasinski, Kratké, Lalauze
Lefort, Milius, Rajon

ŒUVRES DE CH. WALTNER

DONT LA VENTE AUX ENCHÈRES PUBLIQUES AURA LIEU

HOTEL DES COMMISSAIRES-PRISEURS

RUE DROUOT, N° 9, SALLE N° 8

Le Mercredi 30 Mars 1898

A DEUX HEURES PRÉCISES

Par le ministère de **Me G. DUCHESNE,** Commissaire-Priseur
rue de Hanovre, 6

Et de **M. L. DUMONT,** Expert, Marchand d'Estampes
rue Laffitte, 27

PARIS — 1898

CONDITIONS DE LA VENTE

Elle sera faite au comptant.

Les Acquéreurs paieront CINQ POUR CENT en sus des enchères.

L'Ordre du Catalogue sera suivi. M. L. DUMONT, chargé de la vente, se réserve la faculté de rassembler ou de diviser les lots.

MM. les Amateurs pourront visiter la Collection chez M. L. DUMONT, 27, rue Laffitte, *pendant les huit jours qui précèdent la vente, de une heure à six heures du soir.*

M. L. DUMONT *se charge des commissions des personnes qui ne pourraient assister à la vente.*

MAULDE, DOUMENC et Cie, imprimeurs de la Compagnie des Commissaires-Priseurs, rue de Rivoli, 144. 600—7204

DÉSIGNATION

ABBÉMA (Louise)

1 — Portraits de Sarah Bernhardt, Chaplin, Carolus Duran, Paul Mantz, Ch. Garnier.

Cinq pièces, très belles épreuves d'artiste.

BALLIN (A.)

2 — London bridge. — Chapelle à Westminster. — Combat naval. — Vieux pontons.

Quatre pièces, très belles épreuves d'artiste.

BENJAMIN CONSTANT

3 — Un Pouilleux. — Prisonniers marocains. — En vue de Tanger.

Trois pièces, très belles épreuves d'artiste.

BERNE-BELLECOUR, MONZIÈS

4 — Sur la Plage. — L'Atelier. — Chasse à l'Ours. — L'Amateur.

Quatre pièces, très belles épreuves d'artiste.

BESNARD (A.)

5 — A la Fenêtre.

Très belle épreuve d'artiste. Signée.

BESNARD (A.)

6 — Liseuse.

Très belle épreuve d'artiste. Signée.

7 — Le Modèle.

Très belle épreuve d'artiste. Signée.

8 — Baigneurs.

Très belle épreuve d'artiste. Signée.

9 — Fillette et sa Poupée.

Très belle épreuve d'artiste sur Japon.

10 — A table, lithographie.

Très belle épreuve d'artiste. Signée.

BIANCHI

11 — Enfant de chœur. — A la Sacristie. — L'Apparition. — Intérieur d'Eglise.

Quatre pièces, très belles épreuves d'artiste.

BODMER (K.)

12 — Troupeau de bisons.

Très belle épreuve d'artiste. Rare.

BOILOT

13 — Cavalier. — Odalisque, d'après L. Leloir.

Deux pièces, très belles épreuves d'artiste avec remarque sur Japon.

14 — L'Amateur de peinture, d'après Aranda.

Très belle épreuve d'artiste sur Chine.

BOILVIN (E.)

15 — La Bibliothèque Mazarine, d'après Fortuny.

Très belle épreuve avec la lettre grise sur Japon.

BOULARD

16 — Mon ancien Régiment, d'après DETAILLE.

Très belle épreuve d'artiste sur parchemin. Signée.

17 — La même estampe.

Très belle épreuve d'artiste sur Japon. Signée.

BRACQUEMOND (F.)

18 — Portrait de Léon Cladel.

Très belle épreuve d'artiste.

19 — Ils s'en allaient dodelinant, etc.

Très belle épreuve d'artiste.

20 — Margot la Critique.

Très belle épreuve sur Chine.

21 — Au Jardin d'acclimatation.

Très belle épreuve d'artiste sur Japon.

22 — Portrait de Champfleury. — *Ex-libris*, de MANET. — L'Eclipse. — Olympia, d'après MANET.

Quatre pièces, très belles épreuves d'artiste.

23 — La Jeune Bergère, d'après MILLET.

Très belle épreuve du 1er état. Signée.

24 — Bertrand et Raton, d'après Gustave MOREAU.

Deux pièces, très belles épreuves d'artiste dont une du 1er état. Signées.

25 — La Tête et la Queue du Serpent, d'après Gustave MOREAU.

Très belle épreuve d'artiste sur Japon. Signée.

BRESDIN (RODOLPHE)

26 — La Comédie de la Mort. — La Fuite en Egypte. — Paysages. — Intérieur hollandais, etc.

Douze pièces, très belles épreuves d'artiste sur Chine.

BROWNE (H.)

27 — La Confession, d'après Bida.

Très belle épreuve d'artiste sur Chine.

BUHOT (F.)

28 — Japonisme. Suite complète de dix eaux-fortes (Collection Burty) dans la couverture de publication.

Très belles épreuves d'artiste sur Japon.

BURTY (Ph).

29 — Bibelots japonais.

Très belle épreuve d'artiste sur Japon.

CHAMPOLLION

30 — Le Menuet, d'après Jacquet.

Très belle épreuve d'artiste sur Japon.

31 — Le Choix du Modèle, d'après Fortuny.

Très belle épreuve d'artiste.

CHAPLIN (Ch.)

32 — Portrait de Daubigny. — Portrait de Ricard.

Deux pièces, très belles épreuves.

33 — Premières Fleurs, par Toussaint.

Très belle épreuve d'artiste.

34 — La Pêche. — Le Bain.

Deux pièces, très belles épreuves d'artiste.

35 — Angélique. — Fileuse. — La Lecture. — La Musique. — Novembre.

Cinq pièces, très belles épreuves sur Chine.

CHAUVEL (Ch.)

36 — Pâturage. — Rentrée du Troupeau. — Le Soir. — Paysage.

Quatre pièces, très belles épreuves d'artiste.

CHIFFLART

37 — Frontispices divers.

Cinq pièces, belles épreuves sur Chine.

COURBET (G.)

38 — Les Demoiselles de Village.

Très belle épreuve d'artiste sur Japon.

COURTRY (Ch.)

39 — Pâturage, d'après Van Marcke.

Deux pièces, très belles épreuves d'artiste dont une d'état. Signées.

DAUMIER, HARPIGNIES, TAIÉE, ROPS

40 — Cinq Croquis originaux sur la même planche.

Très belle épreuve d'artiste sur Japon. Rare.

DEBLOIS (C.)

41 — Bonaparte au siège de Pavie, d'après Boutigny.

Très belle épreuve d'artiste avec remarque. Signée du peintre du graveur.

DEGAS

42 — Programme des anciens Elèves du lycée de Nantes; lithographie originale.

Très belle épreuve.

DELAUNEY (A.)

43 — Paysages. Suite complète de un frontispice et vingt eaux-fortes originales.

Très belles épreuves d'artiste sur Chine.

44 — Eaux-fortes sur le vieux Paris. Suite complète de vingt-deux eaux-fortes originales dans la couverture de publication.

Très belles épreuves d'artiste.

DESBOUTIN (M.)

45 — Hippolyte Babou.

Très belle épreuve d'artiste. Signée.

46 — Gustave Courbet. — Femme accoudée de face.

Deux pièces, très belles épreuves d'artiste.

47 — Joueuse de flûte, d'après Frans Hals.

Très belle épreuve d'artiste avec remarque.

48 — Joueur de flûte, d'après Frans Hals.

Très belle épreuve d'artiste avec remarque.

49 — La Sortie de Bébé. — Le Repos.

Deux pièces, très belles épreuves d'artiste.

DETAILLE (Ed.)

50 — Vedette de Cuirassier.

Très belle épreuve d'artiste avec le croquis renversé sur Japon. Rare.

DETOUCHE (H.)

51 — L'Idole.

Très belle épreuve d'artiste.

DIVERS

52 — A la Fontaine, par J. Lefebvre. — L'Attente, par Los Rios. — La Recette, par Worms, etc.

Cinq pièces, très belles épreuves d'artiste.

53 — Au Concert, par Pagliano. — La Recette, par Rougeron. — Un Reproche, par Gilli. — Cribleuse, par Laguillermie, etc.

Sept pièces, très belles épreuves d'artiste.

54 — Le Verger, par Barillot. — Au bord de la Mer, par Billet. — Cour de Ferme, par Greux, etc.

Sept pièces, très belles épreuves d'artiste.

DUEZ (E.)

55 — Parisienne.

Très belle épreuve d'artiste.

56 — Portrait de Femme.

Très belle épreuve d'artiste.

57 — Promenade au Bois.

Très belle épreuve du 1er état avant le fond, sur papier ancien. Signée.

58 — Pavots.

Très belle épreuve d'artiste. Signée.

DUPONT (F.)

59 — Le Printemps, d'après Allingham.

Très belle épreuve d'artiste.

FLAMENG (L.)

60 — Le Christ guérissant les Malades, d'après Rembrandt.

Très belle épreuve d'artiste.

FLAMENG (L.)

61 — La Confidence, d'après Toulmouche.

Très belle épreuve d'artiste sur Chine.

62 — Angélique, d'après Ingres.

Très belle épreuve d'artiste sur Chine.

63 — La Source, d'après Ingres.

Très belle épreuve d'artiste sur Chine.

FLAMENG, JACQUEMART

64 — Tête de jeune fille, d'après Greuze. — L'Astronome, d'après Van der Meer. — Portrait de Rembrandt, d'après lui-même.

Trois pièces, très belles épreuves d'artiste.

FRAGONARD (D'après)

65 — Les jets d'eau, par de Mare.

Deux pièces, très belles épreuves d'artiste sur Japon.

FRAIPONT

66 — Le Chanteur, d'après Roybet.

Très belle épreuve d'artiste avec remarque sur Japon.

GAUCHEREL

67 — Le Salon de 1757, d'après Saint-Aubin.

Très belle épreuve d'artiste.

GAUJEAN (E.)

68 — Chants d'amour, d'après Bouguereau.

Très belle épreuve d'artiste avec remarque sur parchemin née du peintre et du graveur.

GAUJEAN (E.)

69 — L'Enfant aux cerises, d'après Russell.

Très belle épreuve d'artiste avec remarque sur Japon. Signée.

70 — La Vierge, Saint Georges et Saint Donatien, d'après Van Eyck.

Très belle épreuve d'artiste avec remarque sur parchemin. Signée.

71 — Bords de l'Oise. — Les petits canards, d'après Daubigny.

Deux pièces, très belles épreuves d'artiste.

72 — Jeune fille à l'oiseau, d'après Escudier ; eau forte en couleurs.

Très belle épreuve d'artiste.

GAUTIER (L.)

73 — Le Rialto.

Très belle épreuve d'artiste avec remarque sur parchemin.

GIACOMELLI

74 — Le violon de faïence, (La mort de Gardilane) ; vignette originale.

Très belle épreuve d'artiste sur Chine. Rare.

GŒNEUTTE (N.)

75 — Le Concert.

Très belle épreuve d'artiste. Signée.

76 — Portrait de jeune fille.

Très belle épreuve d'artiste.

77 — Vue d'Anvers.

Très belle épreuve d'artiste.

GŒNEUTTE (N.)

78 — Rotterdam, deux vues.
Très belles épreuves d'artiste.

GONCOURT (J.)

79 — Profil de Mlle M..., d'après le Prince GABRIELLI. — Masque de J.-J. Rousseau, d'après LA TOUR.
Deux pièces, très belles épreuves.

GREUX (G.)

80 — La fin d'une chanson, d'après BEAUMONT.
Très belle épreuve d'artiste sur Japon.

GUÉRARD (H.)

81 — Portrait de Whistler, d'après lui-même.
Très belle épreuve d'artiste avec dédicace.

82 — Tête de vieille femme.
Très belle épreuve d'artiste. Signée.

83 — Portrait d'homme.
Très belle épreuve d'artiste. Signée.

84 — Portrait de Ferencz Pulsky.
Très belle épreuve du 1er état. Signée.

85 — Nocturne à Dieppe.
Très belle épreuve d'artiste. Signée.

86 — Silhouettes de bateaux.
Très belle épreuve d'artiste. Signée.

87 — Nocturne à Venise.
Très belle épreuve d'artiste. Signée.

88 — Barques de pêche.
Très belle épreuve d'artiste. Signée.

GUÉRARD (H.)

89 — Bateaux en réparations.

Très belle épreuve d'artiste. Signée.

90 — Une carrière aux environs de Paris.

Très belle épreuve d'artiste. Signée.

91 — Tête de Fillette, en couleur.

Très belle épreuve d'artiste. Signée.

92 — Vases et Objets d'art japonais.

Cinq pièces, très belles épreuves d'artiste. Signées.

GUERARD, OUDART, SOMM

93 — Calendriers de 1882, 1884, 1890.

Trois pièces, très belles épreuves.

HADEN (Seymour)

94 — Kensington (Habitation de lord Harrington dans les jardins de Kensington). (Cat. H. Béraldi, 12).

Superbe épreuve d'artiste.

95 — Mytton Hall (Entrée du Château de Mytton (13).

Superbe épreuve d'artiste sur Japon. Signée.

96 — Egham sur la Tamise (Egham (14).

Superbe épreuve d'artiste.

97 — Egham lock (L'écluse d'Egham) (15).

Très belle épreuve d'artiste sur Japon.

98 — Out of study window (Vue prise d'une fenêtre de la maison de l'artiste) (17).

Très belle épreuve d'artiste, avec le chat et le ballon, sur Japon Signée.

99 — Fulham on the Thames (Fulham sur la Tamise)(18).

Très belle épreuve d'artiste.

HADEN (Seymour)

100 — Kidwelly town (Vue de Kidwelly) (22).
Très belle épreuve d'artiste.

101 — Sunset in Tipperary (Coucher du soleil en Irlande) (44).
Superbe épreuve d'artiste. Signée.

102 — Battersea reach (La Tamise à Battersea) (45).
Très belle épreuve d'artiste sur Japon. Signée.

103 — Whistler's house (La Maison de Whistler) (47).
Très belle épreuve d'artiste avec l'étoile. Signée.

104 — Newcastle in Emlyn (La Teivy à Newcastle) (55).
Très belle épreuve d'artiste. Signée.

105 — L'Abreuvoir à Kenarth (57).
Très belle épreuve d'artiste.

106 — Kilgaren Castle (Château de Kilgaren) (58).
Très belle épreuve d'artiste.

107 — From the bridge at Cardigan (Lever de soleil à Cardigan) (60).
Très belle épreuve d'artiste.

108 — Les Travaux du chemin de fer à Brentford (65).
Très belle épreuve d'artiste.

109 — Brentford ferry (Le bac de Brentford) (66).
Très belle épreuve d'artiste. Signée.

110 — The Towing path (La promenade au bord de l'eau) (67).
Superbe épreuve d'artiste. Signée.

111 — Sunset on the Thames (Coucher du soleil sur la Tamise) (83).
Superbe épreuve d'artiste. Signée.

HADEN (Seymour)

112 — Werrington (Le Troupeau de daims) (115).

Très belle épreuve d'artiste.

113 — Les Chaumières de Somming.

Très belle épreuve d'artiste sur Japon. Signée.

114 — Une Allée à Shore.

Très belle épreuve d'artiste.

HANRIOT, BORREL

115 — La Femme du Pollet, d'après Vollon. — Le Traîneau, d'après Boucher.

Deux pièces, très belles épreuves d'artiste sur Japon.

HÉDOUIN (Ed.)

116 — Portrait de M. le Marquis du Lau d'Allemans dans sa bibliothèque.

Deux pièces, très belles épreuves d'artiste.

HERVIER (A.)

117 — Suite complète de quatorze Lithographies, Paysages, Marines, Sujets divers.

Très belles épreuves sur Chine.

INGRES (D'après)

118 — M. E. Gatteaux, par Dien. — M. Martin, par Calamatta. — Tardieu, par Henriquel Dupont.

Quatre pièces, très belles épreuves.

JACQUEMART (J.)

119 — Buste de Henri III. — Statuette. — Moïse.

Trois pièces, très belles épreuves d'artiste.

JACQUEMART (J.)

120 — Rembrandt vieux, d'après lui-même. — La Chasse à courre.

Deux pièces, très belles épreuves d'artiste.

121 — Bijoux. — Trépied, par Gouthière. — Coupe d'agathe. — Vases. — Miroir français du XVIe siècle. — Armes de la collection Spitzer.

Huit pièces, belles épreuves.

122 — Armes et armures: Collection de M. Niewerkerque. — Petit plat japonais. — La pivoine.

Cinq pièces, très belles épreuves d'artiste.

JACQUET (A.)

123 — Diplôme pour la Société des Artistes Français, d'après Bracquemond.

Très belle épreuve d'artiste avec la signature des deux artistes.

JASINSKI

124 — La Dame au manchon, d'après Mme Vigée Lebrun.

Très belle épreuve d'artiste avec remarque sur parchemin. Signée.

125 — L'Amant de la lune, d'après Montégut.

Très belle épreuve d'artiste avec remarque sur Japon. Signée.

126 — La Dame rose, d'après Stevens.

Très belle épreuve d'artiste avec remarque sur parchemin. Signée.

127 — William Warham, d'après Holbein.

Très belle épreuve d'artiste avec remarque sur parchemin. Signée.

JEANNIOT

128 — Croquis militaires.

Très belle épreuve d'artiste.

KRATKÉ

129 — L'arquebusier, d'après FORTUNY.

Très belle épreuve d'artiste avec remarque sur parchemin. Signée.

130 — La récolte des œillettes, d'après LAUGÉE.

Très belle épreuve d'artiste avec remarque sur parchemin. Signée.

LALANNE (MAXIME.)

131 — Souvenir de Bordeaux. — Au Trocadéro. — Le Simoun. — Un site hollandais. — A Quimper. — Le bastion 49.

Huit pièces, très belles épreuves d'artiste.

132 — Les roches noires. — Planche de croquis. — Cerf sous bois. — Dives.

Quatre pièces, très belles épreuves d'artiste.

133 — Eaux-fortes pour illustrer le Traité de gravure à l'eau-forte. Suite complète de huit pièces.

Très belles épreuves.

LALAUZE (A.)

134 — La Procession, d'après Eugène LAMY.

Très belle épreuve d'artiste sur Japon.

135 — Histoire d'amour, d'après DICKSEE.

Très belle épreuve d'artiste sur Japon, avec dédicace.

136 — La dernière gerbe, d'après LELOIR.

Très belle épreuve d'artiste avec remarque.

LANÇON (A.)

137 — Exercice du sabre. — Carriers. — Vedette de uhlan.

Quatre pièces, très belles épreuves d'artiste.

LE COUTEUX (L.)

138 — Djelma.

Très belle épreuve d'artiste sur Japon.

139 — Pendant le prêche.

Très belle épreuve d'artiste sur Japon. Signée.

LEFEBVRE (J.)

140 — Madeleine.

Très belle épreuve d'artiste.

LEFORT (H.)

141 — First grief, d'après Tofano.

Très belle épreuve d'artiste sur parchemin. Signée.

142 — Le Printemps. — L'Automne, d'après Stevens.

Deux pièces, très belles épreuves d'artiste sur Japon. Signées.

143 — Farewell, d'après Stevens.

Très belle épreuve d'artiste avec remarque sur parchemin. Signée du peintre et du graveur.

LEGROS (A.)

144 — Son portrait par lui-même.

Très belle épreuve d'artiste.

145 — Les pestiférés de Rome.

Très belle épreuve d'artiste sur Japon.

146 — Le vieil espagnol.

Très belle épreuve d'artiste.

LEGROS (A.)

147 — Mendiants anglais.

Très belle épreuve d'artiste.

148 — Sir F. Leighton.

Très belle épreuve.

149 — Le Réfectoire — Le Manège.

Deux pièces, belles épreuves.

150 — Le Baptême.

Très belle épreuve d'artiste sur Japon. Signée.

151 — Paysage aux quatre Arbres.

Très belle épreuve d'artiste.

152 — La Charrue.

Très belle épreuve d'artiste sur Japon.

153 — Frontispice.

Très belle épreuve sur Chine volant.

LEPÈRE (A.)

154 — Sur la Tamise.

Très belle épreuve du 1er état. Signée.

LEPIC (Le Comte)

155 — Chien de garde. — Diane.

Deux pièces, très belles épreuves d'artiste.

156 — Paysages. — Vues. — Croquis hollandais.

Neuf pièces, très belles épreuves d'artiste.

LEROLLE

157 — Jeune Bergère assise.

Très belle épreuve d'artiste sur Japon.

LETERRIER

158 — La Toilette, d'après DEMONT-BRETON.

Très belle épreuve d'artiste avec remarque sur parchemin. Signée.

LEYS

159 — Promenade aux Remparts.

Très belle épreuve d'artiste.

LHERMITTE

160 — Les Vendanges.

Très belle épreuve d'artiste.

LOVERA

161 — Au Café. — La Course de Taureaux.

Deux pièces, très belles épreuves d'artiste sur Japon.

162 — Les mêmes Estampes.

Très belles épreuves d'artiste.

MANET (ED.)

163 — Les petits Cavaliers (cat. H. Béraldi, 6) — L'Infante Marguerite (11) ; d'après VÉLASQUEZ.

Deux pièces, très belles épreuves d'artiste dont une sur papier ancien.

164 — Melle Berthe Morizot (22). — Jeanne (53).

Deux pièces, très belles épreuves d'artiste sur papier ancien.

165 — Les Chats (33). — Le Rêve du Marin (34). — Marine. — Un Fumeur.

Quatre pièces, très belles épreuves d'artiste sur papier ancien.

166 — Le Fumeur (36). — Gamin buvant à la Régalade (43). — La Queue à la Boucherie (44).

Trois pièces, très belles épreuves d'artiste sur papier ancien.

MANET (Ed.)

167 — Un Moine (17). — Rouvière (20).

Trois pièces, très belles épreuves d'artiste dont deux sur papier ancien.

MARTIAL

168 — Un Citoyen de l'an V, d'après Goupil.

Très belle épreuve d'artiste sur Japon.

169 — Les Cancalaises, d'après Feyen-Perrin.

Très belle épreuve d'artiste avec remarque sur Japon. Signée.

MILIUS (F.)

170 — Portrait de femme, d'après Watteau.

Très belle épreuve d'artiste. Signée.

171 — Tète de Femme, d'après Reynolds.

Très belle épreuve d'artiste sur Japon. Signée.

172 — Angélique, d'après Rubens.

Très belle épreuve d'artiste. Signée.

173 — Jeune Fille, d'après Véronèse.

Très belle épreuve d'artiste avec remarque sur Japon.

MILLET (D'après)

174 — La Fileuse, par Kratké

Très belle épreuve d'artiste sur Japon. Signée.

175 — La Fileuse. — La Laveuse, par Lesigne.

Deux pièces, très belles épreuves d'artiste avec remarque sur Japon. Signées.

176 — Suite de trente-six pièces, d'après ses principaux tableaux, par : Boilvin, Courtry, Hédouin, Le Rat, Waltner, etc.

Très belles épreuves d'artiste sur Chine.

MILLET (D'après)

177 — Les Travaux des Champs. Suite complète de dix pièces et un portrait, par H.-E. Lessore.

Très belles épreuves d'artiste.

MONGIN

178 — Petite Fille tenant un Chat, d'après Giron.

Très belle épreuve d'artiste sur Japon.

179 — Attendant la Réponse, d'après F. Leighton.

Très belle épreuve d'artiste avec remarque sur Japon.

MORDAUNT

180 — Les Cerises, d'après Edelfeldt.

Très belle épreuve d'artiste sur Japon.

NEUVILLE (de)

181 — Dans la Tranchée.

Très belle épreuve d'artiste.

NITTIS (de)

182 — La Femme à l'éventail. — Derrière l'éventail.

Deux pièces, très belles épreuves d'artiste.

NOTERMAN

183 — Le Singe écrivain. — Les Plaideurs. — La Leçon de musique.

Trois pièces, très belles épreuves d'artiste.

OUDART

184 — Dans la Prairie, d'après Julien Dupré.

Très belle épreuve d'artiste avec remarque sur parchemin. Signée.

RAJON (P.)

185 — Portrait de Baudry.

Très belle épreuve d'artiste sur Japon.

186 — Portrait de Alma Tadema.

Très belle épreuve sur Chine.

187 — Portrait de F. Leighton, d'après WATTS.

Très belle épreuve.

188 — Lord Gower. — Le Rév. P. Martineau. — Mme Cleveland.

Quatre pièces, très belles épreuves d'artiste.

189 — Rêverie, d'après JACQUET.

Très belle épreuve sur Chine. Signée.

RIBOT (TH.)

190 — Simone et son Curé. — Portrait de Cardon. — Tête de vieille Femme.

Trois pièces, très belles épreuves d'artiste.

RODIN

191 — Portrait d'Henri Becque.

Très belle épreuve d'artiste.

ROUSSEAU (TH.)

192 — Le Chêne de Roches.

Très belle épreuve d'artiste.

SADOUX

193 — Lyon, vue générale.

Très belle épreuve d'artiste avec remarque sur Japon.

SOMM (H.)

194 — Brune. — Blonde. — Femme au grand Chapeau. — Tête de Femme.

Quatre pièces, très belles épreuves d'artiste sur Japon.

SONNETS ET EAUX-FORTES

195 — Paysages et Sujets divers, par COURTRY, EDWARDS, LANSYER, MICHELIN, etc.

Douze pièces, belles épreuves.

TAVERNIER (P.)

196 — Le Médecin malgré lui, d'aprés GRANDVILLE.

Très belle épreuve d'artiste.

TISSOT (J.)

197 — La Sœur aînée.

Très belle épreuve d'artiste. Signée.

198 — Rêverie.

Très belle épreuve d'artiste. Signée.

199 — La Convalescente.

Très belle épreuve d'artiste. Signée.

UNGER

200 — Portrait d'Homme. — Le Concert. — Un Buveur, etc., d'après l'Ecole Flamande.

Cinq pièces, très belles épreuves d'artiste.

VIERGE

201 — La Femme à la cigarette.

Très belle épreuve d'artiste sur Japon.

WALTNER (Ch.)

202 — Lady Mulgrave, d'après Gainsborough.

Très belle épreuve d'artiste sur Japon. Signée.

203 — Portrait de M. Laideguive, d'après La Tour.

Très belle épreuve d'artiste sur Japon. Signée.

204 — Le Baron de Vicq, d'après Rubens.

Superbe épreuve d'artiste. Signée.

205 — Portrait de jeune Femme, d'après Reynolds.

Très belle épreuve d'artiste sur Japon. Signée.

206 — Bohémienne, d'après Ricard.

Très belle épreuve d'artiste sur Japon.

207 — Le Vase de Chine, d'après Fortuny.

Très belle épreuve d'artiste. Signée.

208 — Lady Camden, d'après Reynolds.

Très belle épreuve d'artiste.

209 — Master Lambton, d'après Lawrence.

Très belle épreuve avec la lettre grise sur Chine.

210 — La Comtesse de Bréan.

Très belle épreuve d'artiste avec remarque sur Japon. Signée.

211 — La Comtesse de Barck, d'après Regnault.

Très belle épreuve d'artiste sur Japon. Signée.

212 — L'Amour et Psyché, d'après Baudry.

Très belle épreuve d'artiste sur Japon. Signée.

213 — Portrait de Rembrand, d'après lui-même.

Très belle épreuve d'artiste.

214 — La même estampe.

Très belle épreuve.

WALTNER (Ch.)

215 — Sybille, d'après Burnes Jones.

Très belle épreuve sur Japon. Signée.

216 — Jacqueline Van Caestre de Tordes, d'après Rubens

Très belle épreuve d'artiste. Signée.

217 — Vridags Van Vallenhoven. — Mme Vridags Van Vallenhoven, d'après Ravesteyn.

Deux pièces, très belles épreuves d'artiste. Signées.

218 — La Femme du Joueur, d'après Millais.

Très belle épreuve d'état.

WHISTLER

219 — The limeburners.

Superbe épreuve d'artiste.

220 — Rotherhithe.

Superbe épreuve d'artiste.

221 — The little Putney.

Très belle épreuve d'artiste sur Japon.

222 — Bibi Lalouette.

Très belle épreuve d'artiste sur papier ancien.

223 — Odalisque (lithographie originale).

Très belle épreuve d'artiste sur papier pelure. Rare.

224 — Au Louvre (lithographie originale).

Très belle épreuve d'artiste.

225 — La Femme au gant (lithographie originale).

Très belle épreuve.

IMPRIMERIE MAULDE, DOUMENC ET Cie
RUE DE RIVOLI, 144 — PARIS

www.ingramcontent.com/pod-product-compliance
Ingram Content Group UK Ltd.
Pitfield, Milton Keynes, MK11 3LW, UK
UKHW032020260826
14628UKWH00006B/2618

9 782329 438948